詩に就いて

谷川俊太郎
Tanikawa Shuntaro

思潮社

詩集　詩に就いて

装幀　毛利一枝

谷川俊太郎詩集

目次

隙間　12
台が要る　14
朝　16
朝陽　18
跛行　20
詩よ　22
担々麺　24
私、谷川　26

待つ　28
詩人がひとり　30
苦笑い　32
あなたへ　34

十七歳某君の日記より　38
瀆神　42
死んで行く友に代わって言う　44
笑顔　46
家と私　48
いない　50
詩の妖精1　52
詩の妖精2　54

私を置き去りにする言葉　56
まぐわい　58
脱ぐ　60
木と詩　62

小景　64
二人　66
同人　68
胡瓜　70
詩人　72
放課後　74
その男　76
「ぬらぬら」　78

Ombra mai fu　80
難問　82
読まない　84
おやおや　88
あとがき　91

詩に就いて

隙間

チェーホフの短編集が
テラスの白木の卓上に載っている
そこになにやらうっすら漂っているもの
どうやら詩の靄らしい
妙な話だ
チェーホフは散文を書いているのに

山の麓の木立へ子どもたちが駈けて行く

私たちはこうして生きているのだ
心配事を抱えながら
束の間幸せになりながら

大きな物語の中に小さな物語が
入れ子になっているこの世
その隙間に詩は忍びこむ
日常の些事に紛れて

台が要る

机が要る
テーブルが要る
椅子でもいい
何か台になるもの
紙を載せるためのもの
黄ばんで破れかかって
詩らしい文字が認めてある紙
真新しい印刷されたばかりの紙も

載せておかねばならない
出来合いの机に
でなければテーブル
でなければ廃材で作られた不格好な台に
むしろ海とか空そのものに
詩を載せる
一篇二篇三篇でいい
もしかすると空のテーブルには
始めから載っているのかもしれない
詩が
無文字の詩が
のほほんと

朝

言葉に愛想を尽かして　と
こういうことも言葉で書くしかなくて
紙の上に並んだ文字を見ている
からだが身じろぎする　と
次の行を続けるがそれが真実かどうか

これを読んでいるのは書いた私だ
いや書かれた私と書くべきか

私は私という代名詞にしか宿っていない
のではないかと不安になるが
脈拍は取りあえず正常だ

朝の光に棚の埃が浮いて見える
私の「おはよう」に無言の微笑が返ってきて
それが生身のあなたであることに驚く
一日を始める前に言葉は詩に向かったが
それは魂のささやかな楽しみの一部だ

朝陽

小さな犬が
大きな人間のうしろについて
ちょこちょこ歩いて行く

犬にも人間にも
名前を代入せずに
その情景を傍観して
詩が成立するかどうか

考える

詩は常に無言で存在している
それに言葉を与えるのが人間

小さな犬が
大きな人間のうしろについて
ちょこちょこ歩いて行く

朝陽が眩しい

跛行

窓の外でポプラが風にそよいでいる
眼は世界の美しい表面を見る

詩が白い紙の上を跛行してゆく
耳は世界の底知れない奥行きを聞く

テーブルの上の白紙の束
湯気をたてている午後の紅茶

不完全なこの世を支えている
完全で非情な宇宙

言葉になるはずのないものが
いつか言葉になる……だろうか

詩よ

言葉の餌を奪い合った揚げ句に
檻の中で詩が共食いしている
まばらな木立の奥で野生の詩は
じっと身をひそめている

華やかな流行の言葉で身を飾って
人々が笑いさざめきながら通り過ぎる
中には詩集を携えている女もいる

物語を見失ってしまったらしい

活字に閉じこめられた詩よ
おまえはただいるだけでいいのだ
何の役にも立たずにそこにいるだけでいい
いつか誰かが見つけてくれるまで

担々麺

何もかもつまらんという言葉が
担々麺を食べてる口から出てきた
俺は本当にそう思ってるのかと
心の中で自問自答してみるが
詩人の常ではかばかしい答えはない
言葉は宙に浮いている　でなきゃ
地下で縺れている
俺はそれを虚心に採集する

何もかもつまらんもそういう類いか
本心も本音も言葉の監獄につながれて

いち足すいちはにいいと言わせて
みんなの口角に微笑の形を作らせる
笑みが本心であろうとなかろうと
無邪気な言葉に釣られて筋肉が動く
ひとり仏頂面でspontaneousの訳語を
頭の中でいじくり回してる奴が俺だ
そんな昔の記念写真が脳裡に浮かんで
思いがけず口から飛び出した言葉が
真偽を問わず詩を始めてしまう
担々麺を食べながら詩人は赤面する

私、谷川

十代の私は何も考えずに書いていた
雲が好きだったから雲が好きだと書いた
音楽に心を動かされたらそれを言葉に翻訳した
詩であるかどうかは気にしなかった
ある言葉のつながりが詩であるのかないのか
そんなことは人が勝手に決めればいい
六十年余り詩を書き続けてきて今の私はそう思う

この一節は私のただの述懐に過ぎないのかそれとも
散文に変装して詩に近づこうとする言葉の策略なのか
虚構を排して可能な限り自分を正確に述べようとして
この文体は間違っていたと気づく
詩に近づこうとしてはいけない　詩に跳びこまねば！
こうして私、谷川はますます詩から遠ざかる
於台北詩歌節　二〇一四年一〇月二七日

待つ

詩が言葉に紛れてしまった
言葉の群衆をかき分けて詩を探す
明示の点滅が目に痛い
含意がむんむん臭う
母語の調べに耳が惑う
詩はどこへ向かおうとしたのだろう
疲れて沈黙に戻ろうとするが
沈黙は騒がしい無意識に汚染されている

待っているしかないと観念して
固い椅子に背筋を伸ばして座っていると
山鳩が鳴いて日影が伸びてゆく
詩よ　おまえは言葉の鬼っ子なのか
それとも言葉の無口な師父なのか

詩人がひとり

詩人がひとり高みから大地に身を抛って
この世を中座した
その報を聞いてもうひとりの詩人は
言葉に縋るしかなかった

鳥が鳴き続けている曇天の午後
言葉は滞っている
どんな言葉も彼の死と無関係ではないが

どんな言葉も彼の死に関われない

そして詩は
言葉の胞衣に包まれて
生と死を分かつ川の子宮に
ひっそりと浮かんでいる

苦笑い

詩はホロコーストを生き延びた
核戦争も生き延びるだろう
だが人間はどうか

真新しい廃墟で
生き残った猫がにゃあと鳴く
詩は苦笑い

活字もフォントも溶解して
人声も絶えた
世界は誰の思い出？

あなたへ

亡くなった祖父の懐中時計が十二時を指している。昼か夜か分からない。規則正しいヤモリの鳴き声。朝刊にはまた俗耳に入りやすい美談が、一面に載っていることだろう。と、ここまでは空想。事実としては雨が降っていて、私は机の前に座っている。ここから詩を書き始められるかどうか、そう思った時にはもう詩がどこにあるのか、どこにもないのか分からなくなっている。以上をレシタティーヴのようなものと思ってもらえるかな。

行と行間にひそんでいる

耳に聞こえない音楽が
意味を巷の騒音から
あなたの心の静けさへと
ルバートしていきます

古今のさまざまな言葉で
誦されまた書かれた詩句は
なかば忘れられながら
前世からの記憶のように
あなたの心に木霊しています

日々の感嘆符と疑問符
それらの間隙を縫ってあなたは
感じるのではないでしょうか

自分が世界と一体であると
言葉の胎児の心音とともに

あなたは生きていける
俄雨とともに入道雲とともに
その他大勢と誰かただ一人とともに
死が詩とともに待ってくれている
その思いがけない日まで

十七歳某君の日記より

菱形の日

詩が落ちていた。拾ったら泥だらけだった。洗ったら生っ白くなった。振ってみた、乾いた良い音がした。箱に入れてはいけないような気がした。私有しないで誰かに渡そう。リレーみたいに詩が次から次へ続いて行くといい。

輪の日

輪は環じゃない、もちろん和ではない。吾の〈わ〉は一人称にも二人称にも使われたということだ。わたしとあなた、おんなじ人間だよ、おんなじ哺乳類だよっていうことか。幼い頃、物陰に隠れていて誰かを脅かすとき、「わっ」って叫んだのは懐かしい思い出。

土の日（土曜日ではない）
商店街の真ん中よりちょっと南寄りに、新しい店が開店するらしい。客が五人も入れば一杯になるだろう。ワイングラスが六つほど、逆さにぶら下がっているから、何か飲ませたり食べさせたりするのだろう。
百円ショップやスーパーや保険の代理店に挟まれて、それはなにか寂しい句読点のように見える。他の店が散文なら、その店は詩だ、とぼくは言いたい。でも開店してしまえば、それもすぐに散文化する。それは分かっているのだけれど。

小石の日
ひとり言を言いながら歩いて来る人がいる。すれ違うとき「そういうことではない」という言葉が聞こえた。前後に何を言っていたのかは分からない。その一行で始まる詩を書きたいと思った。頭の中でその言葉を繰り返していると、だんだんおまじないみたいになってきた。これを祈禱の言葉に変換出来るかどうか。

ゴブラン織りの日

ヴァレリーは詩の特質として〈宇宙的感覚〉をあげている。詩的状態、或いは詩的感動は世界のすべての関係を音楽化し、相互に共鳴し合うものにするのだと。不正確な引用かもしれないが。

なんでもない日

雪女がいるのなら、詩女がいてもいいじゃないか。詩女は人見知りでいつも物陰に隠れているけど、性質は暗くない。むしろ明るくておっちょこちょいだ。そして意外かもしれないが無口だ。言葉を口に出すまで時間がかかるので、苛々せずに待っていなければならない。

紙屑の日
毎日何か書いては紙を捨てている。つまり言葉を捨てているんだ。言葉は石油や石炭と違って無尽蔵だから、いくら捨ててもかまわないと分かっているのだが、捨てた言葉がゾンビになるのではないかと心配。
文学者の墓はあっても、言葉の墓はない。言葉は死ねないのだ。

雲の日
ぼくはいつ詩に捨てられるのだろう。捨てられたら松の木の見え方が変わるだろうか。女のひとの見え方が変わるだろうか、もしかすると海の見え方も、星の見え方も。

瀆神

突然アタマの中が無人になった
みんなどこかへ出て行ってしまったのだ
誰もいない空間
でも木の床がある
背景のようなものもある
舞台……と言ってもいいかもしれない
人影はないけれどそこに詩がある
いやむしろ誰もいないからこそ詩があるのかもしれない

だがそう考えるのは何か恐ろしいような気がする
瀆神という言葉が思い浮かぶ
神を信用していないのに

死んで行く友に代わって言う

君は見たはずだ
ぼくの右の目尻から
涙が細く一筋流れているのを

悲しみではない
悔いでも未練でもない
自分を憐れんでもいないし
自分に満足もしていない

ただぼくは深く感動していたのだ
自分の一生がそのとき
詩と化していることに

笑顔

真面目であることの値打ちが減少したので
笑顔が氾濫する羽目に陥った
詩も真面目を避けて笑顔になる
哄笑は困難なので苦笑しながら
詩は世間へ出て行く
タブレットを抱えた小学校教師が挨拶する
ゴミ袋を破っている鳥は知らん顔
霞んでいる遠い山系は憂い顔

詩は自転車的な速度で教科書を通過する

逃げている訳ではないのに追っ手がかかる
詩は地下にもぐるが汚れない
雲に乗るが落ちない
追っ手はいつまでたっても詩を逮捕しない
多分泳がせているのだろう
そのうち詩の笑顔が薄れてくる
素顔を見せるくらいならいっそ死にたい
というのは建前で詩は実は不老不死を狙っている
大河小説をヨットで遡る気なのだ

家と私

夏の終りに家を壊した
古い手紙の束が出てきた
硝子戸を古物商が持って行った
敷地が更地になってぺんぺん草が生えた
表札は捨てたが番地は残っている

新しい家を建てたい
平屋がいい
広いワンルームの片隅にベッド

仕事机と禁欲的な椅子
庭に一本の樹木

更地になった敷地に雪が積もった
この白に詩が書けるか と
道に佇んで自問する
私はこれでいい だが他の人々はどうか
この国のこの星の未来は

夢を見た
新しい家が出来上がった夢
だが私はどこにもいない
夢の中で私が私を探している
地面が揺れ出して目覚めた

いない

私はもういないだろう
その岬に
この部屋にも
けれど残っているだろう
着古した肌着は
本棚にカーマスートラは

私はもういない

この詩稿に
どんな地図にも
夜の不安を忘れ
もののあはれから遠く離れて
空の椅子に座っている

詩の妖精1

この詩で何が言いたいんですかと問われたから
何も言いたくないから詩を書くんだと答えてやった
悪戯坊主のような顔で彼は笑う
空中でホバリングしている詩の妖精は
またどこかへ詩人をからかいに行くらしい

詩の妖精には名前がない
詩の妖精は意地悪だ

突拍子もない言葉がどっかから湧いて
誰も見ていないのに彼女は顔を赤らめる
手帖に書き留めてもいいものかしら
本当は今年銀婚式のはずだった
独りになって出来心で手帖を買った

詩の妖精には言葉がない
詩の妖精は光速だ

何故まだ詩が浮かんでくるんだ
木の香も新しい棺の中で
死んだばかりの老詩人が訝っている
もう喋れないし書けないから
詩は体を離れ星々に紛れてゆくだけ

詩の妖精 2

子どもの肩に詩の妖精がとまった
子どもはゲームに夢中
妖精は一休みしてモンゴルに向かう
子どもがふっと顔をあげた

母親は玉葱をみじん切りにしながら
子どもの未来を思い描くが
どうしても死が想像出来ない

ゲームに飽きて子どもは立ち上がる
机の上の地球儀を回してみる
何か感じるがそれが何か分からない
詩の妖精がもう帰ってきている
モンゴルの丘からの風に乗って

私を置き去りにする言葉

私が眠っているとき
言葉はうずくまっている
私のからだのどこかに
そして他の人々の言葉と
つるみ始めている
私に見えない夢の中で

言葉はペニスのように

硬くなり尖り
言葉は涎のように口元に垂れ
言葉はもう眠る私を置き去りにして
詩になろうと踠きながら
愚かな人波に揉まれている

まぐわい

「私は何一つ言っていない
何も言いたいとは思わない
私はただ既知の言葉未知の言葉を
混ぜ合わせるだけだ
過去から途切れずに続いている言葉
まだ誰も気づいていない未来にひそむ言葉が
冥界のようなどこかで待っている
そんな言葉をまぐわいさせて生まれるのは

私が書いたとは思えないもの」
〈でもそれが詩ですよ〉と
誰が言うのか

脱ぐ

服を脱いで
あなたは裸になる
裸を脱いで
あなたはあなたになる
野良猫があなたを見つめる

あなたを脱いで
あなたはいなくなるが

それは言葉の上だけのこと
栃の木の葉が風に散っている

言葉を脱いでもあなたはいる
そんなあなたを呼ぶのは詩
渚で蛤が息をしている

脱ぎ捨てられた言葉をかき集めて
詩が思いがけないあなたになる

あなたはセーターを脱ぐ

木と詩

木というこの言葉が、目の前の現実のこの木とは似ても似つかない、と知りながら、私たちが言葉で目指すものは何だろう。木は私たちの外部に存在しているのだが、それを木と呼んだときから、木は私たちの内部にも存在する。

では、木ではなく詩だったらどうか。詩というこの言葉が、目の前の現実のこの詩とは似ても似つかないということはあるだろうか。しばしばあると私は、いや私でなくても断言する人は多いだろう。

木は木という言葉に近づこうなどとは思っていないが、詩は詩という言葉に近づこうとして日夜研鑽に励んでいる、のは私に限らない。詩という言葉と、木という言葉はどうしてこうも違うのだろうか。

しかし木が詩になることがある。言葉というもののおかげで、それが可能になるのだ。詩になることで木は倒れ朽ち果てたあとも、記憶に残る。しかしそれは絵や写真として残った木とはまた違っていて、本物の木とは似ても似つかないからこそ言葉上の木になっているのだ。

木と詩、事実の世界では全く違う二つの存在が、人間の心の世界では相即の関係にある。詩もまたそこで生まれる。

小景

テラスのテーブルに
チャイのポットと苺が出ている
古風な静物画のような構図
音楽は言葉を待たずに
キャベツ畑を渡っていく
音楽がどこへ行くのか気になって
言葉は立ち止まってしまう

「詩みたいなものを書いた」と男が言う
「やめてよ」と女
気まずい沈黙が詩とかくれんぼしている
「どこだっけここは」男が言う
「知らない」と女
言葉はみな意味に疲れ果ててる
部屋の奥で着信音が小さく鳴った

二人

世界を詩でしか考えない人は苦手
なんだか楽しそうに女は言う
手には濃いめのハイボール
背後の本棚には詩集が目白押し

株価だけで考える人生も悪くないかも
詩を書いている男が言いかけて
こんなやりとりは三文小説みたいだ

と心の中で思っている

この二人は若いころ夫婦だった
女にとって詩はもう思い出でしかない
男にとってそれは余生そのもの
猫が迷わずに女の膝に乗る

詩集は捨てないの？女が訊く
捨てるくらいなら焚書すると男
煮ても焼いても食えないものが残る
それが詩だと言いたいのね

同人

詩を言葉から解放したい
と彼女は言う
漂白されたような顔で
じゃ踊れば？と私は言う
肉体は恥ずかしいと彼女
都合よく大空を雁が渡って行く
あれが詩よ　書かなくていいのよ
書くと失われるものがあるのは確かだが

草の上にシートを敷いて二人は寝転がっている
他の同人たちは下の川に釣りに行ってる

天から見れば私たちは点景人物
誰が描いた絵なんだろう　この世界は
型通りの発想も時には詩を補強する
結局言葉なのね　何をするにも
唇は語るためだけにあるんじゃない
まだお握り残ってるわよ
食べるためだけにある訳でもない
愛でもっともすばらしいものは口づけ……
とトーマス・マンは書いている
おおい！と誰かが下から呼んでる

胡瓜

希望から絶望までの荒れ野を
詩人たちは思い思いに旅していた
中には絶望駅から希望駅行きの急行に
身一つで飛び乗る奴もいて
駅に着いたらポケットから詩を取り出して
街頭で売ったりしている
それを買ったお人よしの娘は
初めて詩というものに触れたものだから
そのつまらなさに耐えることを

偽善であるとはさらさら思わずに
惚けた母の夕食の支度に忙しい

胡瓜をスライスしながら娘は考える
詩人たちは胡瓜という存在を
知識ではなく直観で捉えるというが
そんなことが可能なのだろうか
大切な〈how to live〉という命題と
それはどう関わることになるのだろうか
詩を売った奴はそんなこと我関せずで
紙と鉛筆の領地を我がもの顔で歩き回り
昨日と明日の谷間の今日
道路で騒いでいる子供らの心を
弾む言葉ででっちあげている

詩人

中指がタッチパッドの上を滑って行って
文字を捕まえる　一つまた一つ
身の回りのはしたない彼の畑から
かぼそい茸にも似た詩が生えてきている

女の子が扉を開けると男の子が入ってくる
海は大きな舌で岸を舐め続けている
人々は金に取り憑かれて歩き回っている

彼は言葉ですべてを無関心に愛する

外階段をカンカンと上がって来る靴音
隠された物語が素通りしてゆく
掌の地図を辿って行き着けるだろうか
正しさに裁かれることのない国に

あらゆる厳粛を拒む軽快が詩人の身上
丘の上にまたむくむくと積乱雲が湧いて
向日葵が太陽に背いてうなだれる
女の子の部屋から男の子が出て来る

放課後

窓際で詩が少年の姿をして言葉を待っている
校庭に男女の生徒たちが静止《フリーズ》している
少年には瞬間の奥行きが見えているのだが
そこに何がひそんでいるかは知らない

ここに生まれてきて十数年
まだ青空も白い雲も少女たちも新鮮だ
少年は世界がここにあることが不思議で

平気で生きている人々になじめない

これからどうなるのだろうと考えると
すべてがまた激しく動き始める
和音に乗って旋律がからだに入ってくる
明日を畏れることから今日が始まる

その男

〈これは俺が書いた言葉じゃない
誰かが書いた言葉でもない
人間が書いたんじゃない
これは「詩」が書いた言葉だ〉
内心彼はそう思っている
謙遜と傲慢の区別もつかずに

カウンターの端に座っているその男は

紺のスーツに錆色のタイ
絵に描いたような会社員だ
〈ビッグバンの瞬間に
もう詩は生まれていた
星よりも先に神よりも早く〉

思いがけない言葉に恵まれる度に
そんな自己流の詩の定義を
何度反芻したことか
〈言語以前に遍在している詩は
無私の言葉によってしか捉えられない〉
男はバーボンをお代わりする

「ぬらぬら」

「ぬらぬら」という店名だった
林の中の簡潔な木の小屋
店番をしているお河童頭の女の子

辞書のページの上で寝ている言葉たちを起こさなければ
私はそう思っている　真剣に
「ぬらぬら」は書店ではないが
そんなことを私に思わせる空気が漂っている

大正時代にどこかの薬局が配った鉛筆
三日前に出たばかりの河馬のモノクロ写真集
小学生たちが作った蛇の針金細工
偽物と但し書きがついたバッハ自筆の楽譜
雑貨屋さんと言えばいいのか
「ぬらぬら」の一隅のスタンドでレモネード飲んでいたら
隣で詩が立ち上がる気配がした

Ombra mai fu

王は木陰にいる
殺戮の旅から帰ってきたばかりだが
心はそこにない
妃の不義を疑う苦しみが
王の心を塞いでいる
木の間に囀る小鳥たち

そんな細密画の筆を置いて

少年は井戸へ指を洗いに行く
祖父の遺した手本は
時代遅れだと少年は思う
王はもう木陰になんかいやしない
妃とジェットで雲の上だ

こんな断片では捉えられない真実を
詩は生み出せるだろうか
時に侵されぬ言葉を信じて
一瞬をフリーズドライしようと
古ぼけたラップトップを膝に
老詩人は木陰にいる

難問

揺り籠が揺れるのはいい
風に木々が揺れるのも
船が波に揺れるのも
風鈴が揺れるのも

だが地面が揺れるのを
どう受け容れればいいのか
と　詩は問う

難問だ
ぶらんこに揺られて考えたが
答がない

読まない

もう誰も読まないだろう
どんな名作も
行が立ち枯れて
語が粉塵になって
詩は元通り大気に還って
犬が一匹通りを歩いて行く
雨に濡れた詩集を踏んづけて
ふと振り返って匂いを嗅ぎ

尻尾を振る
人はもう誰も読まない
マグからピルスナーを飲み
無名の誰彼の愛の生活をこき下ろし
有名なあいつを妄想の殿堂に投げこみ
ふっと沈黙が訪れたときに
忘れ物をしてきたことに気づく
何かをどこかに置いてきてしまった
フォントの処理場から
薄い煙が立ち昇っている
街から有料高速道路に乗って
人は森へ出かけて行く
猿と笑いに
狐に騙されに

熊に噛みつかれに
そして夕方帰ってくる
無傷で
お喋りしながら
予定が入っている明日を頼みに

おやおや

一日外で働いて帰ってきたら
詩がすっかり切れていた
ガソリンではないのだから
すぐ満タンという訳にはいかない
落ち着いて待っていれば
そのうちまたどうにかなるだろうと考えたが
気がついて見ると私は詩が切れていても平気なのだった

おやおやと思った

あとがき

日本語の詩という語には、言葉になった詩作品（ポエム）と、言葉になっていない詩情（ポエジー）という二つの意味があって、それを混同して使われる場合が多い。それが便利なこともあるが、混乱を生むこともある。

詩を書き始めた十代の終わりから、私は詩という言語活動を十全に信じていなかった。そのせいで詩を対象にして詩を書くことも少なくなかった。本来は散文で論じるべきことを詩で書くのは、詩が散文では論じきれない部分をもつことに、うすうす気づいていたからだろう。

詩も人間の活動である以上、詩以外のもろもろと無関係ではいられない。詩を生き生きさせるのは、言葉そのものであるとともに、無限の細部に恵まれたそのもろもろなのではないだろうか。

二〇一五年二月

谷川俊太郎

詩《し》に就《つ》いて

著者
谷川《たにかわ》俊太郎《しゅんたろう》
発行者
小田久郎
発行所
株式会社 思潮社
〒一六二―〇八四二　東京都新宿区市谷砂土原町三―十五
電話〇三（三二六七）八一五三（営業）・八一四一（編集）
FAX〇三（三二六七）八一四二
印刷所
創栄図書印刷株式会社
製本所
小高製本工業株式会社
発行日
二〇一五年四月三十日